Un piano pour Pavel

L'orthographe rectifiée, qui fait désormais référence dans les programmes scolaires, est appliquée dans cet ouvrage.

MIXTE
Papier issu de sources responsables
FSC® C022030

Loi n° 49-956 du 16 juillet 1949 sur les publications destinées à la jeunesse, modifiée par la loi n° 2011-525 du 17 mai 2011.
ISBN : 978-2-09-257198-9

Mymi Doinet

Un piano pour Pavel

Illustrations d'Amandine Laprun

Nathan

- Chapitre 1 -

Le piano de la gare

Cette nuit, aucun voyageur ne m'a touché, pas même effleuré, et j'ai eu froid. Quand la gare sommeille, vivre seul et muet, ça me réfrigère.

Au lever du jour, là-bas derrière mon dos, les premiers trains ont enfin circulé. Des pas ont résonné. Puis ils se sont rapprochés à vive allure. Quelle précipitation ! Personne n'avait jamais couru ainsi à ma rencontre.

Une frêle silhouette s'est reflétée sur ma

carapace lisse et noire. Celle d'un jeune garçon, pas encore tout à fait grand, pas encore tout à fait réveillé non plus.

Il s'est frotté les yeux et a balayé du regard la pancarte au-dessus de moi, « À vous de jouer ». La tête sous son sweat à capuche, il a lu ce message et ronronné de satisfaction :

– À nous deux !

Sans plus attendre, il a sorti de son sac à dos une feuille couverte de notes et s'est assis sur le tabouret. Ses baskets ont frôlé mes pédales dorées. Ses doigts ont dansé sur mes touches. Il a interprété une fois, deux fois, dix fois le même morceau.

Épaté, je me suis dit : « Respect ! Je m'y connais, ce p'tit gars-là, c'est de la graine de virtuose. »

Pendant ce temps, à travers la grande verrière, le soleil a lui sous les nuages. Des valises à roulettes ont envahi le hall, la salle d'attente s'est remplie, et moi, l'unique piano de cette gare immense, je me suis senti soudain heureux sous les mains du petit. Il n'a commis aucune fausse note ; de la pure mélodie ! Mes cordes ont vibré, chanté, jubilé dans mon ventre.

Bienêtre de courte durée !

L'enfant a tourné la tête vers l'horloge et a aussitôt glissé dans son sac la partition avec ses accords en *do*. Puis il s'est enfui avec ses bagages.

Ça me fend le clavier que le jeune musicien soit parti si vite… J'aurais voulu passer la journée entière sous ses doigts de prodige, toute ma vie même.

- CHAPITRE 2 -

L'horloge toujours à l'heure

Tic, tac, tic ! De tout là-haut, près du panneau des départs, je surplombe la gare et palpite tel un cœur. Un, deux, trois, jour et nuit, sept, huit, neuf, nuit et jour, je compte les secondes.

Cela ne m'a pas empêchée d'entendre les refrains du gamin. Quel tempo ! Il a le rythme dans la peau, ce mouflet-là. Même que ça m'emballerait de me transformer en métronome pour battre la mesure à ses côtés.

Pour l'instant, ma mission est de donner l'heure aux voyageurs : je les rassure, dix, onze, douze, les stresse aussi, dix-sept, dix-huit, dix-neuf, louper un train est si vite arrivé !

C'est ce qu'a dû penser l'enfant au piano. Quand il a levé les yeux vers moi, il a stoppé net son concert, et j'ai lu sur ses lèvres :

– 8 heures 05 ! Faut que je me grouille si je veux m'acheter un p'tit déj avant de partir !

Tic ! Il a ramassé son sac à dos et y a glissé sa

partition, sans la froisser. Tac ! Quel âge pouvait-il avoir ? Huit ans ? Dix ans ? Pas plus. Pas moins.

Il s'est faufilé vers la cafétéria. Celle juste en face.

À peine plus haut que le comptoir, il a fait tinter douze pièces devant lui et a demandé :

– Un croissant et une canette de jus d'orange, s'il vous plait. Je n'ai pas beaucoup de temps, mon train démarre dans neuf minutes !

Camélia, la serveuse, a posé les yeux sur la petite voix pressée.

Puis elle a félicité le jeune pianiste en lui tendant sa viennoiserie et sa boisson :

– C'était beau, ta musique !

Le gosse a souri jusqu'aux oreilles.

– Ça vous a plu ?

– Oui, tu es doué !

– C'est le Prélude en *do* majeur de Bach.

Tout en préparant un café pour le client suivant, Camélia a répliqué :

– Bak, c'est qui celui-là ?

– Un musicien du dix-huitième siècle, fort en préludes et en cantates !

– T'en connais un rayon, dis donc !

Tout en avalant son croissant en quatre bouchées, le gamin lui a confié :

– Pour moi, la musique, c'est génétique !

Il a ensuite ajouté :

– Bach a aussi écrit pas mal de fugues !

– Et toi, tu ne serais pas en train d'en faire une belle ?

Il a souri de nouveau. Un sourire plus triste, cette fois-ci.

Tic, tac, tic ! Mystérieux, ce petit.

Quand il a vu ma grande aiguille couvrir le 2, il a fourré la canette dans son sac à dos et il a marmonné en décampant :

– 8 heures 10 ! Je vais rater mon train.

Il a fait douze pas. Au treizième, flop ! il a glissé sur un bout de flan, puis s'est relevé en boitillant. Tic ! Au même moment, j'ai vu un papier chuter de son sac. Tac ! Une feuille chantante de couleurs...

- CHAPITRE 3 -

La feuille quadrillée

Quand je suis tombée devant la voie 7, j'aurais voulu que tu m'entendes te dire, malgré ma silencieuse voix blanche :

– Hep, p'tit lève-tôt, ramasse-moi ! On ne va pas se quitter comme ça tous les deux, tu as mis tant de cœur à me rendre multicolore.

Je me souviens trait pour trait quand tu as commencé à dessiner sur mes lignes quadrillées bleues : c'était dimanche soir dans ta chambre. Dans ton pyjama beige, tu faisais triste figure face aux rideaux kaki. J'ai compris ta peine : ce n'est pas juste d'être orphelin, de passer d'un foyer à l'autre, de n'avoir ni parents ni grands-parents, ni personne.

Soudain, tu as posé tes crayons de couleur sur ton lit en les alignant dans un ordre bien précis, celui de l'arc-en-ciel.

Puis tu m'as ôtée de ton classeur marron. Et là, sur ma page trop pâle, tu as tracé une maison aux volets bleus. Au-dessus, tu as fait rayonner un rond jaune éclatant de lumière, un vrai soleil d'été.

Que tu me décores avec tant de soin, ça m'a époustouflée !

Sur ta lancée, tu as ajouté une fenêtre. Une grande, avec vue plongeante sur un piano. Derrière lui, tu t'es appliqué à reproduire un papier mural imprimé de tulipes.

Pas mal, ta déco ! J'ai même eu envie de te lancer des fleurs pendant que tu fignolais chaque pétale rouge.

Près du piano, tu as ensuite esquissé la silhouette d'une jeune femme. Tu t'es tellement concentré en dessinant son visage aux yeux myosotis que tu as sorti le bout de ta langue. Puis j'ai vu tes lèvres s'animer, et tu as souhaité de toutes tes forces en murmurant :

– Voilà la maison de mes rêves, avec une mère d'adoption musicienne comme Maman ! Oui, ce serait si bien d'avoir un piano à portée de main.

À peine as-tu eu fini de crayonner ta vie en rose que tu m'as enfouie dans ton sac, comme on range un secret.

Je n'ai pas bougé pendant quatre jours. Mais tout à l'heure, quand tu as glissé la canette orange et glacée tout contre moi, je me suis poussée pour ne pas greloter. Et vlan ! j'ai valdingué au même moment que toi sur le quai gris.

- CHAPITRE 4 -

La canette de jus d'orange

« Boire Roug'sanguine, c'est le plein de vitamines ! », tel est le slogan imprimé sur ma robe de métal.

Pressé de prendre au vol le train de 8 heures 14, le petit assoiffé n'a pas eu le temps de le lire. Essoufflé, il a bougonné, en m'agitant :

– C'était moins une !

Puis, une fois installé, il a tiré sur ma languette d'aluminium. J'ai émis un « pschiiiit », et gloups ! il m'a vidée aux deux tiers, avant de me caler près de son bagage.

S'il savait mon périple ! J'ai débarqué en France à bord d'un cargo venu de Floride en compagnie de milliers de canettes, mes sœurs d'acier. On nous a placées dans des cartons, séparées, puis mises au réfrigérateur. Voilà pourquoi je me sentais frigorifiée et si seule ce matin.

En observant l'enfant du train, j'ai compris qu'il n'était pas mieux loti que moi. Perdu dans ses pensées, il a marmonné, la mine inquiète :

– J'espère qu'elle sera devant l'entrée principale...

De qui parlait-il ? J'aurais tant aimé être sa confidente.

Bien qu'il ne puisse pas m'entendre, j'ai entamé un début d'enquête :

– Où vas-tu ? Et qui comptes-tu voir à ton arrivée ?

Comme s'il avait capté une partie de mes interrogations, le jeune voyageur a sorti son billet et l'a posé devant moi. Plié, le billet. Je n'ai pu voir que la moitié de la destination. Paris-Mar... Marmande ? Martigues ?

Bercé par le TGV, l'enfant a bâillé et a fini par s'endormir. Trois heures plus tard, à l'arrêt suivant, une gamine a fait irruption. Elle s'est s'assise face au dormeur et a achevé de le réveiller. Ils ont discuté. Elle surtout, papotant de tout, de rien.

– Je suis contente d'aller à Aix-en-Provence pour le mois de juillet. J'ai un tas de copines et de copains là-bas !

Puis elle lui a demandé :

– Et toi, t'as plein d'amis aussi ? Tu es plutôt mer ou montagne ? Ils font quoi, tes parents ?

– De la musique.

– Ils ont formé un groupe ?

– ...

Tsss ! Le jeune passager a senti qu'elle n'allait pas le lâcher.

– Tu vas les rejoindre pendant leur grande tournée d'été, c'est ça ?

Pour avoir la paix, il s'est forcé à répondre :

– Non, j'ai quitté le foyer des Saules pleureurs, et là, je suis sur le point de rencontrer ma nouvelle famille d'ac...

La petite lui a brusquement coupé le sifflet :

– Oups, désolée ! C'est là que je descends, bronze bien, bye !

L'enfant s'est retrouvé seul. Encore. Il m'a soulevée pour se désaltérer une nouvelle fois. Gloups ! Tièdes, les gorgées, maintenant.

« Boire Roug'sanguine, c'est le plein de vitamines ! » Il a louché sur ma pub, ce coup-ci. Puis il a ouvert son sac à dos et en a sorti une feuille couverte de lignes comme chevauchées par de minuscules cerises noires. Il a déplié la tablette du train, posé le papier dessus.

Soudain moins accablé, il a alors pianoté sur un clavier fantôme en fredonnant huit notes. Oui, huit notes qu'il a répétées en boucle, tel un refrain sans fin.

- Chapitre 5 -

La partition qui en sait long

– *Do, mi, sol, do, mi, sol, do, mi*… Tu connais par cœur ma mélodie. *Do, mi, sol, do, mi*, entre toi et moi, c'est pour la vie. Tant de bons souvenirs nous lient… Un drame aussi.

J'étais là quand c'est arrivé. Tout s'est produit comme en accéléré. Ton père, grand organisateur de concerts, conduisait sur l'autoroute.

– À nous deux, Paris ! Cap sur l'opéra Bastille ! s'était-il réjoui, il y a quatre ans et demi, ce samedi après-midi.

Assise à ses côtés, ta mère, pianiste connue dans le monde entier, me tenait avec d'autres partitions. Elle venait de se retourner vers la banquette arrière et t'avait caressé la joue du bout de ma feuille, le cœur en fête.

– Ce Prélude en *do* majeur de Bach, c'est vraiment le tien, Pavel ! Je le jouais en t'attendant. Toi, tu tapotais contre mon ventre en cadence. Avant même que tu sois né, c'était déjà ton morceau préfé...

Un choc pire qu'un coup de tonnerre l'a interrompue. La voiture a dérapé. Elle a émis un bruit de ferraille assourdissant, fait deux tonneaux. Puis plus rien.

Tes parents sont morts sur le coup.

Toi, bien sanglé, tu n'as pas même reçu un éclat de verre. Juste moi qui ai voltigé sur tes genoux, légère telle une plume d'ange.

Tu m'as aussitôt pliée et rangée dans ta poche, comme la plus précieuse des pièces à conviction. Puis je crois que tu t'es évanoui, *do, mi, sol, do, mi*.

Depuis ce fatal accident, nous sommes inséparables, toi et moi. De vrais siamois.

Il y a cinq minutes à peine, *do, mi, sol, do,* tu m'as remise dans ton sac à dos, en prenant bien soin de ne pas me corner, et tu as murmuré :

– Marseille. Terminus...

Tu as franchi le long quai à ciel ouvert. Je t'ai entendu finir de boire ta canette jusqu'à la dernière goutte. Ensuite tu as couru vers le hall. Et là, à ta respiration saccadée, j'ai senti que tu étais un peu, beaucoup, follement stressé...

- CHAPITRE 6 -

La poubelle de la gare Saint-Charles

Une canette de jus d'orange a fendu l'air dans ma direction. Flop ! Raté. Un presque ado a visé à côté. Il l'a ramassée, relancée, et clang ! elle a direct atterri sur mes autres détritus.

Rapide comme une flèche, le petit homme au sac à dos et à la valise sans roulettes s'est ensuite précipité vers la sortie.

Au même instant, d'autres voyageurs m'ont

prise pour cible. Bang, bing, plof ! La canette a vite été coiffée d'un cornet de frites à demi entamé, d'une bouteille de yaourt à boire poisseuse, et d'un magazine de mots croisés. Un mot en quatre lettres pas trouvé. Définition : « On en a tous une ici ou ailleurs »... Costaud, le niveau. Ne sachant pas répondre, j'ai de nouveau observé le jeune au sac à dos : il a attendu dix bonnes minutes près de l'entrée principale. Personne à sa rencontre. Il est revenu sur ses pas, la tête basse. Quand il a aperçu le piano, il a foncé vers lui, mais aïe ! il a vite déchanté, constatant que le clavier n'avait plus ni *do* ni *mi*.

Il a alors piétiné dans la salle d'attente. Pauvre petit, sans père ni mère...

M-È-R-E, bingo ! Voilà le mot qui manquait pour terminer la grille.

Le jeune abandonné s'est assis, levé. Quand il est repassé à côté de moi, je l'ai entendu ravaler ses larmes :

– Elle s'en fiche pas mal, que j'existe ou pas !

Affamé, il a fouillé dans le fond de sa poche, a compté sa maigre fortune : un euro, plus une pièce de dix centimes, clang ! qui a roulé en toupie juste devant moi. Même pas de quoi s'acheter un sandwich pour le déjeuner.

Le petit homme chagrin a repris le chemin de la sortie…

- Chapitre 7 -

Les statues des lions jumeaux

Sous notre crinière de marbre, rien ne nous échappe depuis le grand escalier de la gare Saint-Charles.

Aussi quand, clap, clap clap ! nous avons entendu des talons aiguilles gravir à vive allure les cent-quatre marches, nous nous sommes dit, mon frère félin et moi :

– Roarrrrrrr ! Encore une voyageuse qui se

dépêche pour attraper son train de midi et quart.

À courir si vite, crac ! l'un de ses talons s'est brisé d'un coup sec sur la dernière marche menant vers l'entrée principale.

À peine une minute après avoir franchi le hall, clap, paf, clap, pof ! voilà que la jeune femme est ressortie de la gare, courant de travers avec sa chaussure cassée.

Elle a filé sur l'esplanade au milieu de la foule des voyageurs, cherché à droite, à gauche, trébuché, paniqué. Arrivée près de nos piliers, elle s'est reprochée :

– Pourvu qu'il n'ait pas fait de mauvaises rencontres !

De qui parlait-elle ? Du… du frêle passager, là-bas, qui errait hagard, avec pour seuls bagages son maigre sac à dos et sa valise sans roulettes ?

Et si ces deux-là se cherchaient ? Roarrrrrr ! C'est frustrant d'être des statues ne pouvant ni bondir ni rugir tout haut pour les réunir !

Foi de félins, ça alors ! Notre rugissement de pierre aurait-il fendu l'air ? La jeune femme soudain s'est retournée, a vu le gosse se prendre les pieds dans son lacet, a boitillé vers lui, s'est penchée à sa hauteur, l'a embrassé sur le front et lui a confié, essoufflée :

– Excuse-moi, Pavel, pour le retard ! Ça bouchonne rue Paradis, un véritable enfer à cette heure-ci !

Le petit a levé ses yeux bruns vers ses yeux bleus, et a juste balbutié :

– Bonjour, madame.

Émue de le voir si intimidé, elle a répondu :

– Tu peux m'appeler Sidonie, comme tous les enfants de ma grande famille d'accueil !

Puis, elle a pris la main du gamin et ils ont quitté le parvis de la gare, pile au moment où midi trente sonnait au clocher sur les hauteurs de la ville.

- Chapitre 8 -

Le rétroviseur parfait miroir

Au-dessus du tableau de bord de la voiture, je reflète le visage de la conductrice et celui de son jeune passager blotti sur la banquette arrière. Un garçon pas encore tout à fait grand, pas tout à fait rassuré non plus. C'est lui que Sidonie cherchait à rejoindre, si pressée dans les embouteillages !

Après l'avoir retrouvé à la gare, elle a pris

la route de La Ciotat et elle a longé la côte. Le gamin n'était pas bavard. Cependant, j'ai vu qu'il l'observait. Dans le reflet que je lui renvoyais, il a aperçu les yeux brillants de Sidonie, pleins d'eau salée, telle la Méditerranée.

Tout en serrant son sac contre son cœur, comme s'il contenait un trésor, il a continué de la fixer dans mon miroir. Puis il a jeté un coup d'œil au-dessus des toits de tuiles et des cyprès inondés par le soleil. Son regard est ensuite furtivement revenu vers moi. Il a hésité et a fini par demander d'une petite voix enrouée :

– Vous habitez au bord de la mer ?

– Oui, pas loin de l'ile Verte. Et tu peux aussi me tutoyer, tu sais !

Puis Sidonie lui a précisé :

– Tu verras, la maison donne sur la plage. Par temps calme, les piaillements des goélands te réveilleront. Par jour de tempête, ce seront les vagues déchainées.

Sidonie a ajouté :

– À moins que ce ne soit moi qui te sorte de tes doux rêves, quand je ferai mes gammes de bon matin ! J'espère que ça ne te dérangera pas, Pavel : je joue du piano.

Et là, j'ai vu un premier sourire grandir comme une symphonie, grandir jusqu'à l'infini...

Table des matières

Mymi Doinet – L'auteure

« Les gares sont des lieux remplis d'émotions. Des voyageurs s'y retrouvent à la cafétéria, d'autres se quittent sur un quai. Dans beaucoup d'entre elles aussi, il y a un piano mis à la disposition des passants. Un matin, de très bonne heure, j'ai entendu un petit gamin interpréter le Prélude en *do* majeur de Bach. Il l'a joué plusieurs fois de suite comme un virtuose. Puis il a rangé sa partition avec beaucoup de soin dans son sac à dos. J'ai imaginé son histoire. J'avais Pavel en vrai devant moi… »

Mymi Doinet est l'auteure de nombreux « Premiers romans » (la série « Les aventures d'Anouk et Benji », *Pas touche à Charly*). Elle anime aussi dans les classes, allant du CP au CM1, des ateliers d'écriture.

Amandine Laprun – L'illustratrice

Née dans un champ de blé, le nez au vent et la pensée égarée dans les grands ciels champenois, Amandine Laprun file en ville à l'âge de 15 ans et prend le chemin des études artistiques. Aujourd'hui, elle partage son temps entre son activité d'illustratrice et d'intervenante au Service éducatif des Musées de Strasbourg.

Amandine Laprun est plutôt touche-à-tout mais chaque chose qu'elle entreprend focalise toute son envie, son attention, sa ponctualité et son amour du travail bien fait !

Tu as aimé ce roman ?
Retrouve d'autres romans dans la collection

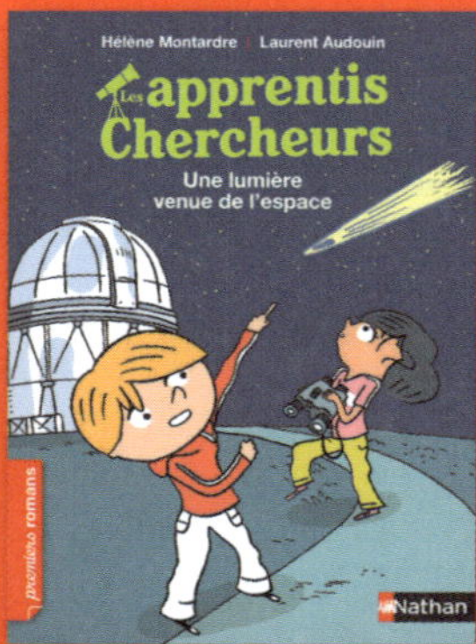

premiers romans

N° éditeur : 10242975 – Dépôt légal : février 2017
Achevé d'imprimer en janvier 2018 par Pollina (85400, Luçon, France) - 83634